烏龍院

精彩四格

偷天換日

叭！叭！叭！

在泰莉颱風不怎麼具有威脅力的9月1日早上6時40分，「舟山奮鬥隊」拉著行囊直奔廣州白雲機場，搭乘海南航空HU7269飛向寧波。受到颱風氣流的影響，機身搖晃得很厲害。漂亮臉蛋的空姐略略皺了一下嬌眉。下了飛機，再經過一小時車程，到達碼頭，連人帶車坐上了12號渡輪，我們站在甲板上，迎著濃濃壯闊味的海風，吹去了臉上太早起床的疲勞。四十五分鐘後，渡輪停靠在目的地——舟山島。普陀區市政府的方區長爲我們找到的臨海公寓，白牆綠樹，一字排開在小山坡上。「舟山奮鬥隊」要在此開始生活，執行創作任務。這個決策是在8月19日拍板定下的，最主要的原因是想以異地生活刺激靈感，提高創作力。長期待在廣州的市區裡，空氣沉悶，人車流動，感覺到自己濃烈的壓力，讓工作室助手們的臉上常常出現三條線。可不是嗎，有時候忙起來幾天都沒出過門，即使偷閒出門散個步，在熙來攘往的都會水泥樓群裡，像是幽魂似的拖著懶散的步伐，往往回到家裡覺得身體更累。常常幻想自己會不會就這樣過勞死，暴斃在那張畫到一半的稿紙上。走吧！勇敢衝出去，滾石不生苔，去找創作的初衷——「畫畫是一件快樂的事」。

「舟山奮鬥隊」的第一頓飯是在舟車勞頓之後。飛機上那少得可憐的早餐早在幾小時前就被消化殆盡。我們饑腸轆轆、毫無風度的撲上了擺滿農家菜的餐桌，狼吞虎嚥，盡情大嚼，將飯菜席捲一空。

村子裡的菜市場，是我所見過最「迷你」的，沒有熙熙攘攘的採購人群，沒有大呼小叫的吆喝聲，前前後後不到十個攤位，走幾步就能逛一個來回，其規模還不及廣州工作室附近鐵路橋下的街攤。市場裡，全部菜樣不過十幾種，對於我們這些逛慣了大型超市的「城裡人」來說，在這裡幾乎沒有什麼選擇的餘地。

再來看看咱們奮鬥隊克難的小廚房，簡單到「工寮級」的層次。

一個瓦斯桶加上一個單爐架在伸縮桌上，

煎煮烹炸全靠一柄烏黑油亮的炒菜鍋，雖然在菜色上質的變化不大，但是在分量上可比每天的出稿量讓人眼紅。四名隊員到了舟山，飯量全都狂增。李神州每餐尖尖兩大碗，細細的手腕努力地捧住飯碗，一天吃的米似乎比他在廣州一星期吃得還多。原本就是個直桶腰的田野，十幾天下來中圍曲線有了明顯擴張的跡象，東北漢子果然強悍，夾菜扒飯衝勁十足，就連看到山路旁的野果子也非得像神農氏一樣堅持要品嘗體會。沒出過遠門的李思陽在他的精神感召下，竟然學他把大蒜當成零食吃，害得這位小老廣肚子脹氣，直呼不敢。

在這裡每天金色陽光、銀色嬌月、夢幻海景、清新空氣，奮鬥隊的大鍋飯吃得很漫畫，吃得很滿足，吃得樂在其中。但是我的心裡只希望自己的創作量能像肚子一樣那麼有長進。

9月24日，提前進度完成了這本《偷天換日》的稿件，非常喜歡卷尾的那一則結局，「被盜版的漫畫家盜版了盜版商人寫的盜版懺悔錄」。可是在現實生活裡，我只能無助的高喊「打擊盜版，盜版必死！」、「喪盡天良，厚顏無恥！」，喊多了，聽多了，感覺上好像是廣州市區街頭稀鬆平常的喇叭聲！

叭！叭！叭！

唔……

剛剛站在陽臺上望著遠方壯闊大海愉悅的完稿心情，突然之間又陰沉了起來。

敖幼祥 二○○五年十月十日

（返回廣州後的第十二天）

打擊盜版

偷天換日

小大書局
大減價
武功祕笈大減價哪！
《如來神掌》一本才五毛！
有夠便宜！趕快來練練！
女味神掌
呃！
嘖！
奇怪？拳法有點變態！
嗯！
看錯啦！原來是《女味神掌》！
女味神掌

真是沒大腦。
你們分辨不出那是盜版書嗎？
女味神掌
像我買的這本《漢朝李白劍法》多麼有水準！
漢・李白劍法
李白是唐朝人吧！
他是詩人會武功嗎？
啊！
那我這本是？
漢・李白劍法
自己買盜版書還敢教訓徒弟！
唉……
你才是沒大腦哪！
老傻！

太過份啦！
我寫的《烏龍寶典》…竟然被盜版啦！
烏龍寶典
真的太沒水準！
整篇文法不通，還寫錯字！
不對！不對！
你手上這本是正版的！
盜版商把錯字都修正了。
好糗的！
盜版比正版還敬業！

真金不怕火煉！正版一定勝過盗版！
烏龍寶典
盗版的附贈少林寺參觀旅遊券！
喔！
真的？
烏龍寶典
天哪！太酷了！
收集三個印花還能換一把七星寶劍！
真的嗎？
烏龍寶典
小大書局
我要所有的《烏龍寶典》。要盗版的！

哼!
哼!
哼!
別再為盜版的事嘔氣了！
換個名字再出，又是一本新書了嘛！
烏龍寶典
打擊盜版全新出擊！
正宗烏龍寶典
盜版比你出擊的更快。
小大書局
皇家烏龍寶典買一送一
冠軍烏龍寶典大抽獎
超級烏龍寶典3折
祖傳烏龍寶典上市
麻辣烏龍寶典買一送一
正宗烏龍寶典

又在看盜版書！
沒出息！
告訴你們幾百次！不要再姑息養奸！
沒有消費，他們就不能生存！
但是正版的價錢要貴好幾倍！
這筆錢你要付嗎？
定價
好吧！好吧！
那就暫時先用一下吧！

正義公堂
「假面集團」專幹盜版勾當！壞透啦！
烏龍寶典
還濫用我們的品牌！烏龍泡麵、烏龍補酒、烏龍神茶、烏龍公仔……
烏龍寶
烏龍大補酒
烏龍神茶
泡麵
烏龍
烏龍丸
烏龍超人
知足吧！他們對你很客氣了！
你怎麼能這麼說話！
烏龍院
第50集
火熱上市!!
我才畫第十集！盜版已經出到五十集了！
強

盜版充斥市場，正版難以生存哪！
有誰願意盜版呀？
拜託來盜版！
盜越多越好！
公然支持盜版！
你們吃錯藥啦！？
《盜版者一百種死法》。
酷！
拜託一下！快點來盜版！
盜版者100種死法
盜版者100種死法

盜版做的越來越專業！
皇家 烏龍寶典
祖傳 烏龍寶典
正牌 烏龍寶典
第一 烏龍寶典
超級
獨門 烏龍寶典
效率快速！手法又新！
這些傢伙若是被我逮住！哼！哼！
你就海扁他們一頓！
我就……
我就……
你就剝他們的皮！
我就乾脆找他們合作吧！
祖傳 烏龍寶典
正牌 烏龍寶典
第一 烏龍寶典
獨門 烏龍寶典

正
盜版風氣猖狂，實在是文化禍根！
我要……
烏龍寶典
冤枉呀！
!
正義
DON
DON
DON
小大書局
鳴冤鼓
他就是盜版書店的老板嘛！
你竟敢也來鳴冤？
正義
我盜版的書被別人盜版了！
做賊的喊捉賊！
假
面
十本一元
一本十元

正大光明
章大人，我要控告「假面集團」。
他們盜版害我損失幾千元！
正大光明
我非常同情你！一定要嚴懲惡徒！
你有沒有申請專利呀？
什麼？
自己的書還要專利？
老鄉了，算你便宜點。
專利申請費五萬元。
哇！你比盜版更狠！

「假面集團」危害社會，不可輕視！
一定要用公權力消滅他們！
盜版
令
盜版
盜版
盜版
必須動用《打擊恐怖份子行動手冊》！
秘
密室
保密防諜
咦？為何每個人都有機密手冊？
閒人勿入
機密
機密
機密
機密
小大書局
最新版《蔡捕頭祕密行動》
黑心呀！盜版盜到我頭上！

假面集團的首腦，綽號「黑白狐」。
他的個性比狐狸更狡猾，更多疑……
大哥！
以後每天上班都要脫衣驗身！
為什麼？
我怎麼知道你們是不是冒牌貨？
變態！
做盜版的疑心病！

假
面
黑白狐統領的假面集團崛起於盜版界。
他一生的命運似乎註定要與盜版共舞。
從奶娃娃的時代他就和盜版結下不解之緣……
?
越看越像隔壁的老王！
是不是偷偷盜版的？
王

其實黑白狐從小是很有繪畫天份的，但是……
臭小子又在瞎畫！功課那麼爛！
PA
爸！
畫得這麼像有鳥用！能換大米嗎？
爸爸
直到有一天，那張圖改變了他的命運……
哇！兒子！你連鈔票也畫的一模一樣！
爸！
從此——
學校不用去了！天天畫圖吧！
盜版進度表
一天一百張

正義公堂
我發明了防偽標籤！
能夠防止盜版。
假面集團突然全部消聲匿跡！
防偽標籤成功啦！
我是天才！
啊！慢著！
市場上有最新情報！
假面集團全部投入去做「防偽標籤」啦！
轟

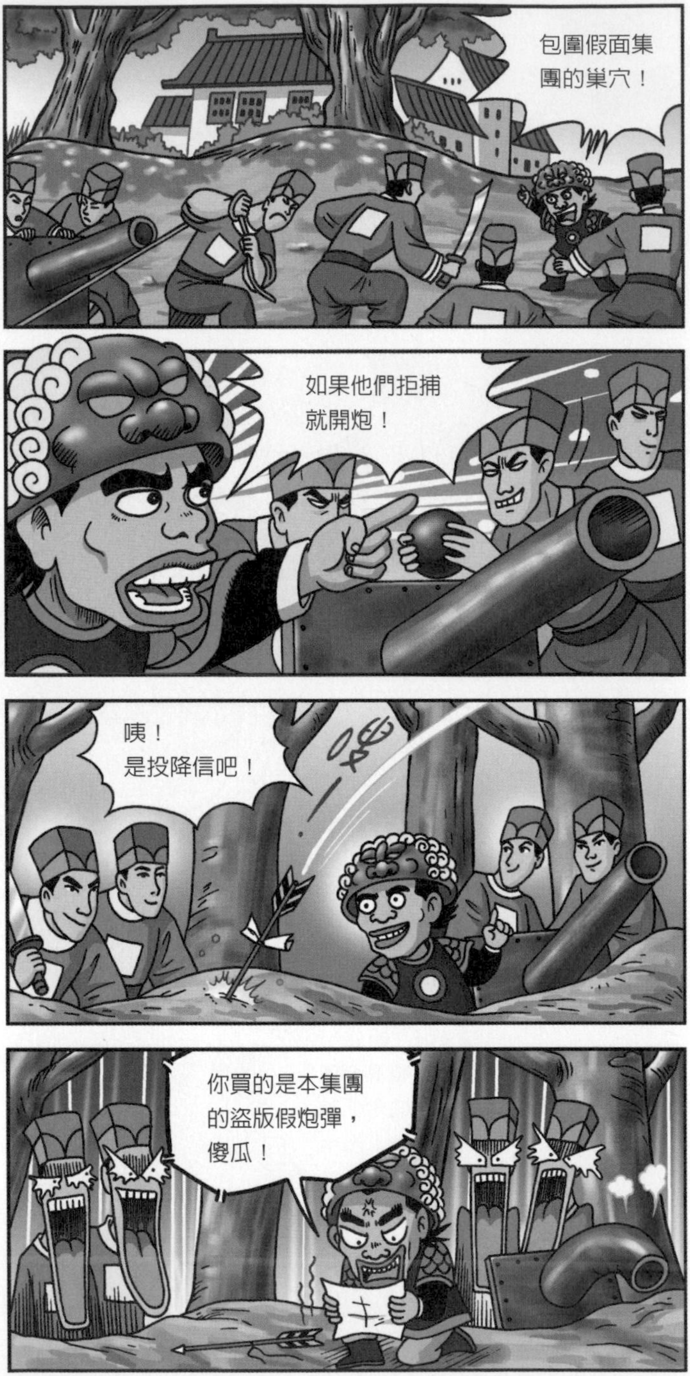
包圍假面集
團的巢穴！
如果他們拒捕
就開炮！
咦！
是投降信吧！
你買的是本集團
的盜版假炮彈，
傻瓜！

最近的業績實在太差了！
只要是有價值的產品一定要盜版！
快去市場看看現在什麼最賺錢！
老大，我們把暢銷前十名都帶回來了！
全部都是咱們的盜版貨。

有利必盜！
有盜必利！
這是假面集團的宗旨。
放手去幹吧！我們要做盜版界的至尊！
老大！盜版這本書肯定賺大錢！
什麼好貨色？
你寫的《盜版成功祕笈》。
大家都學會了，我喝西北風！
你也怕盜版哪！

蔡捕頭處處找我麻煩！
你去冒充他幹壞事，抹黑他的名聲！
嘿嘿嘿嘿…
鄉親們快來看呀！
蔡捕頭虐待動物！
傻瓜！傻瓜！
一看就知道你是假的！
兒童也能識破我的易容術？
PA!PA!
真的蔡捕頭只有被動物虐待的份。
敗給他了！

突然冒出這麼多
假冒的蔡捕頭！
超難分辨誰
才是真的！
誰是真
正的蔡
捕頭？
生下這孩
子要負起
責任！
BABY
真正的蔡捕頭！
別亂說話！
我還是處男！

假面集團太惡劣了！連我也被仿冒！
無法無天！越想越氣！氣得我鼻孔發癢！
真正的蔡捕頭生氣的時候不是這樣挖鼻孔的！
你是冒牌貨！
瞧！这才是正版的！
去他×△⌘○的！盜版人渣！

真正的蔡捕頭屁股上有顆痣……
有痣！
！
有痣！！
有痣！！
我們是仿冒高手。
早就有準備了！
玩這種小把戲。
還怕你不成？
你看！我有痣！
我也有！
我的最黑！
瞧瞧我的！
他搞錯了，是「痔瘡」，不是「痣」。
這也太高難度啦！！
不玩了！
別仿冒了！
撤！

師父！
《少林達摩神功》
被盜版一萬本！
師父！
您的《烏龍寶典》
被盜版十萬本！
我們被盜版十萬，
少林寺才一萬！
這些盜版商
有眼光！
算他們有
水準！
但是少林寺一本
賣一百，咱們三
本才賣十元！
沒眼光！
太沒水準！

我的著作被盜版，
決定要提出控告！
我買了胖師
父寫的書。
很不錯吶！
但是那是
盜版的！
我買了你的書，
超棒哪！
那是……
盜版的。
暢銷書才會
被盜版吧！
慢一點再
告吧！

有人投訴你收了盜版商一百萬賄賂。
!
冤枉呀！大人！
絕對沒這回事！
我是清白的！
別難過，我是最了解你的。
多謝大人明察秋毫。
你的行情哪有那麼好呢？
我也只不過拿十萬而已。
KUN!

HOOO~~~
夠猛吧！
十萬元公費買的進口犬。
還有血統保證書哪！
報告長官，這張證書是假的！
被騙了？！
假面集團太囂張！竟敢詐騙官員？！
他們簡直把我當白癡啊？
是的，而且還是條假狗！
喵
AAA!

長官還是用
我的老土狗
比較可靠。
汪
汪汪汪汪汪汪
果然忠心，
又勇敢！
汪汪汪
汪汪汪汪
啊！
但是……
好像還有一
些缺點。
EEEK
老得連假
牙都保不
住啦！
嗚……

團團圍住！
別讓黑白狐跑啦！
報告蔡捕頭！
前面發現可疑地道！
哼！這肯定是黑白狐的詭計！
跳下去追！
蔡捕頭別跳
這不是地道！
這是糞坑
傻瓜！

正義
圍剿盜版的行動順利嗎？
成功捅掉了他們的老巢！
摧毀掉盜版的總部！
遏止猖狂的氣焰！
正義
總部被毀了，他們又成立了十個分部……
比癌細胞更會擴散！

我想派阿亮
去做臥底。
再和我裡應
外合，消滅
假面集團！
我那傻徒
弟能擔此
重任嗎？
他呆頭呆腦的！
沒問題！
我已經訓練
他很久了！
他這是什
麼意思？
大師父上大號時間最久還
會便祕，胖師父愛睡懶
覺，常常口水流滿床……
吃裡扒外
的臥底！
福

團結起來，消滅盜版！
我們喬裝成買家，引誘盜版頭子出來，然後一網打盡！
這個主意我贊成！
我扮成大老板，你們當隨從！
我是胖子，比較像老板！
我的頭最大！
團結
團結
團結
團結
團結
不服氣嗎？
團結

聽說大師父
要喬裝去誘
出黑白狐。
徒兒特別為
您準備出任
務的服裝。
阿亮真
孝順。
很帥哦。
穿起來挺
合身。
你從哪裡
買來的？
昨天剛下葬的
村員外身上穿
的青衣。
CON

打擊盜版諜報組，烏龍師父偽裝完成！
我叫「張三」！
我叫「李四」！
報到！
打擊盜版
為了更加逼真，幫二位準備了新的身份證。
喔！仿冒得維妙維肖！
去哪裡找到這麼好的手藝？
张三
我高價跟假面集團訂做的！

我們這樣的
偽裝會被識
破嗎？
打擊盜版
殺！
正義公堂
師父跑哪
裡去了？
怎麼都沒
看到人？
連徒弟
都認不
出來！
偽裝得太
成功啦！
師父呢？
師父！
兩位師父上哪兒去呀？
想賴帳？快還錢！
哎！
只能怪咱的徒
弟沒眼光！
師父在
哪裡？
師父！
菜錢
米錢
油錢

假面集團上鉤了！
約你們到餐廳交易！
打擊盜版
!
鮑魚大王
以客為尊
喔！這麼高級的酒店！
太丟臉了，還是回去吧！
啊！為何臨陣脫逃？
鮑魚大王
每位消費
最低五百
恕不賒賬
蔡捕頭只給了一百元公款，咱們消費不起。
小氣鬼！

對方指定要在這家餐廳碰面。
而且要用一束玫瑰做為識別記號。
奇怪的氣氛。
為什麼大家都盯著我們？
因為你變態！花戴在頭上幹啥呀？
這樣比較明顯唄！

「神祕約會」以摔杯子做為見面暗號。
我摔！
我摔！
哐当！
哐当！
DENPON
DENPON
喔！真有效率！
摔破上等暗號茶杯兩個！
付現還是刷卡？
哇！是串通好的吧！？

二位好！
啊！對方竟然是個女的！
我是假面集團的代表。
別慌張，裝酷一點。
好拙的動作！
這是我最酷的姿勢了。
你的姿勢才狂噁心！
就是嘛！還敢笑我！
窩裡反

特地準備名酒
做為見面禮！
我專業的眼光一看
就知道那是假的！
假的！
氣死我啦！花了
三千元買到假酒！
我是說這幅
畫是假的。
哇！我的三千元！
快拿吸管来吸!!

咱倆先用酒把
她灌醉了……
醇
乾杯！
再一杯
回敬一杯
一杯加一杯！
嗚～～
你們做盜版的酒量
為何這麼強？
醇
因為有個盜
版的胃。
牛

你！
什麼時候才帶我們去工廠看貨？
別猴急嘛！
你們先敬我三杯再去！
刁難！
小女生真好騙！
三杯酒就搞定了！
請喝唄！
酒精70度
酒精80度
啊—！

干杯！
天旋地转
喂！你大鼻子上的刀疤不見啦！
貼紙掉了！
快幫我找回來！
幸虧我的酒量好！
一下子就找到了！
快幫我貼上！
這……這個刀疤有點怪！
你才醉了哪！

原來是烏龍院冒充的！
露餡了！
你跑不掉的！官員已在樓下埋伏！
鮑魚王
入場消費一人五百
人呢？
埋伏的官員去哪兒了？
豆花王
一碗五毛
鮑魚王
喂……
汪

「她」皮粗肉硬，我懷疑是男扮女裝！
啊！
男人比女人多一樣東西。
我去摸摸看，確認一下！
這是漫畫！不可以做那種動作！
我一定要摸！
有喉結！果然是男的！
啊！想歪了……
咳一咳一咳~
自己露了餡

果然是你在男扮女裝！
抓起來送官府法辦！
讓人民群衆知道做盜版的下場！
鮑鱼王
哪一位買單？
各付各的！
我們的錢不夠！
收银台
恕不赊帐
烏龍院真不要臉！
想白吃白喝！
抓起來送官府法辦！
鮑鱼
唉~

今天要對假面集團進行第二次圍剿！
打擊盜版
這一次絕對不准失敗！
否則就扣一個月餉銀！
是的！長官！
如果我打擊成功了！
是不是可以加一個月的餉銀？
哼！你在作夢！
長官！你先打擊了士氣！
打擊盜版

悄悄包圍盜版村！
這些做盜版的耳目衆多。
小心提防走露風聲。
看來他們的警覺性還不如老鼠。
報告老板！一共來了六個笨捕快！

喵～嗚～
這隻狗叫聲怪異！一定是通風報信的告密者！
還想逃？
一定有問題！
你幹了什麼壞事？快快招供！
我招!
搞盜版的傢伙。
全都是變態。
我承認盜版了「貓叫春」
千萬不要告訴媒體。
好丟臉的！

看到移動的東西，立刻格殺勿論！
咦？
誰掉的一百元？
且慢！我只是……
哇！
又中計了！竟然是一張假鈔？！
軍令如山！軍令如山！

貨倉
假面集团
我早就派小丁在倉庫埋伏接應。
蔡捕頭神機妙算！
衝呀!!
為何不見埋伏的小丁！
一定是去偷懶了！
POW!
報告長官！我在這裡！
嚇人！
你真會埋伏！

封鎖現場所有門窗。
不准任何人進出！
我的「困狐計劃」一定要做到滴水不漏。
哎呀！
黑白狐已經溜走了！
蔡大頭：我先閃了！
誰叫你們把門封死的？
你自己剛才說的唄！
WA

搜出盜版證
據了嗎？
發現可疑
據點！
打擊盜版
請勿開門
「此地無銀三百兩！」
想用這招來蒙我？
打擊盜版
請勿開門
把門打
開！
真的沒騙你
這是正版炸藥
告訴你別開
門的嘛！
囉嗦！

信鴿！
快將緊急狀況傳回總部！
咕。
郵
急件收費加收兩倍。
郵资
200元
我是執法人員，打五折行不行？
請你用普通郵件吧！
郵

抓不到黑白狐！
你們是飯桶！
嗚！
章夫人把那隻
狐狸抓到啦！
老婆立了一
件大功！
你是如何
找到的！
跟蹤你去抓
的！
原來是二奶
狐狸精！

喬裝計劃徹底失敗！
輸給黑白狐太沒面子！
真是沒用的東西！
老得不行了！
憋了一肚子氣！
回來又要被徒弟奚落！
還是換把新的吧！

打擊盜版
本官正式任命你為「地下特警007」。
哇噢！好刺激！
地下特警007！
打擊盜版
007之前的幾位地下特警呢？
我要跟他們學習。
打擊盜版
全掛了。
都埋在地下囉。
AAAA
001
002
003
005
006

特警007，你要先取得黑白狐的信任。
007
我該如何做呢？
找機會在他面前立功！
不惜任何代價滿足他的需求！
是嘛！
DON!
現在就有個立功的機會！
007
WA!
哇！偷擊！
這是幹啥？
打擊盜版
不惜任何代價取得他的信任。

打擊盜版
保持行動機密，我們見面時以狗叫為暗號！
是！長官！
汪汪汪
汪汪
汪汪
汪
汪
汪
汪汪
汪汪
汪
汪汪
狗暗號太普遍了，用貓叫吧！
也有一堆人用了呀！
喵
喵
喵
喵

小弟是新來的！請大家多多關照！
你為何加入本集團？
因為盜版有暴利！
發財嘛！
看你老實，一個月就五千吧！
月薪五千!!
大哥太照顧小弟啦！
是你要交五千元學習費！
菜鳥！
暴利！

蔡捕頭要我融入敵方組織，接近黑白狐……
啊！白粉！（毒品）
你也要來一點嗎？
為了獲取敵人的信任，犧牲小我……
吞！
哇！有勇氣！
二話不說拿了就吞！
你這怪癖真奇怪！腳臭消毒粉用喝的。

烏龍院老鬼
壞我大事！
面子都丟
光了！
我立刻去幫老大
討回「面子」！
新來的小弟多麼
勇敢！
說幹就幹！
你們要學學他
……
呵
老大您要哪一
種「面紙」？
捲筒式還是
抽取式？

特警007！
我在這裡！
OK！
確定無人跟蹤！
放心！我很內行的！
故意多繞十個彎。
經過兩座山頭。
七座橋……
還有六個村子。
現在卻有個相當嚴重的問題。
什麼？
那就是……
找不到回去的路了！
CON!

前面倉庫屯積大量盜版書。
我先進去探路。
你等我的信號！
全都是違禁黃色書刊！
哇！
畫的有夠刺激！
這本更變態！
太陽出來了！
他把你忘囉！
這渾球……

吉屋出售
近学校
送马桶
徵助手
我確定街上的19號是盜版賊窩！
進去抓人！
拘捕
19
通通不許動！
KPON
19
啊!!!
拘捕
章大人!
哇！
你造反啦！
門牌歪倒了！是61號！
61

我要派你去幹一件大事！
赴湯蹈火我都幹！
去修理烏龍院長眉老怪！
喂！你是害怕了嗎？
啊！
我！
呀!
請問老大要如何「修理」他？
維修

幹掉他！
狠狠痛扁他！
烏龍院
你們太吵啦！
我無法集中精神！
高手過招不宜打擾他們。
嗯！
對！
咱們別出聲！
幹掉他
痛扁
打他滿地找牙！
烏龍院

我是身不由己，
師父可別記仇。
了解！
出手吧！
吔！開扁啦！
長眉被
揍啦！
哎呀！
K
K！
踢這麼狠？
是故意的吧？
扣你一年零用錢！
奇怪？「打人」
的叫得比「被打」
的更慘。
痛！
哇！痛呀！
哇！(心痛)
痛
…

你表現得很好！
假面
今後就當我的副手吧！
這個臭小子！
我就看出來了！
哼！
喂！
完蛋！他們早看出我是臥底祕警了！
早就看出你大有前途！
HAHAHA
……
以後有好處請多關照！
禮

請！
盜版兄弟為你擺了一桌酒席。
等一下我敬每位兄弟一杯！
你們怎麼啦？
做盜版的不就是咱們這九個人嗎？
滿～滿～的人

滴醉
一杯倒
老酒鬼
傻瓜水
三朝夢
滴不起
WA

天下為盜
有利必盜
有盜必利

天哪！
這麼多做盜版的！
大家都在搞盜版，誰去做正版呢？
嘿嘿。
那邊就有一個做正版的。
要靠洗碗打工才能維持生活的原創。
太苦了。

咱們靠盜版發財，應該記得原創者的功勞。
對呀！多謝你的提醒！
怎麼能忘記原創者呢？
我們進去謝謝他！
太棒了！
我激醒了他的良心！
感謝你的辛勞！
下一本畫快點，免得我斷貨。
畫一張是一張

可惡的盜版商覺悟吧！
別衝動！
覺悟吧！
憑你的破刀也殺不了我！
殺你們還弄髒我的刀！
徹底的覺悟吧！
殺了我自己，你們就沒東西盜啦！
POW
喂！你是做變態漫畫的吧！
POW
POW
POW
POW

典當處
盜版必死
賣原稿籌經費刺殺黑白狐。
這堆破紙論斤賣，就值五十元。
天哪！數十年心血換得五十元！
五十元
押
支持你打擊盜版，贊助一百元！
德不孤，必有鄰，正義不寂寞。
絕版原稿一張算你五萬！
你比我更黑！

無恥的盜版商！
喔！怎麼又是你！
盜版必死
盜版沒天良
我把眼鏡典當換了錢買炸藥，
要與你們同歸於盡！
壯烈
正版萬歲！
殺！
沒戴眼鏡啥也看不見的可憐蟲！

這位是我的女兒。豆豆。
哼！
豆豆，你好，我是……
啊！
沒興趣認識你！
不要臉！
你這個人真是厚臉皮！
可是我超想認識你的！
嘻嘻嘻！
比我老爸做盜版更不要臉！
對呀！我的臉皮比城牆還厚！

女兒豆豆討厭我
做盜版生意！從
小就不快樂！
老大您放
心！
好極啦！
就交給你
去辦！
我最會逗
女孩子高
興了！
豆豆
豆豆
哇！女孩子不是都
喜歡凱蒂貓嗎？
因為那是
我仿冒的
盜版貓。

豆豆小姐是個冰山美人！
要融化她冷酷的心太難了！
哼—
我要用身體去征服她！
豆豆！我來啦！
喂！你想幹嘛？
不可以亂來！
強！高燒四十五度！
夠熱情了唄！

別像蒼蠅一樣老是纏著我。
煩。
說我像蒼蠅一樣？
我喜歡。
但是這樣就太貶低你了！
對不對？
說你像蒼蠅又關我啥事？
如果我是蒼蠅，你就是那個囉！
EEEK

為什麼？
總是有人喜歡養寵物。
有時候，簡直
就是狗奴才。
豆豆最近也養了
新寵物。
那是什狗？
真是怪胎。
我是奴才狗。

黑白狐有個女兒，名字叫豆豆。
哦！
長得超漂亮！就像漫畫裡的美少女！
哦！
我決定了！
現在派特警008去監視她！
008在何處？
我就是008！
SLOOM

利用豆豆去牽制黑白狐。
你要下功夫去搏得她的好感。
嗯！
放大膽去做吧！
我當你堅強的後盾！
真的？
堂堂蔡捕頭一言九鼎！
一言既出，肆馬難追！
我心態雖堅強，但是錢包很脆弱！
鑽石 珠寶
這個還有這個!

那個女孩就是黑白狐的女兒！
原來是她！我初中好費力才追到手的辣妹！
哦！
竟然是她！
我初中初戀就是被她甩了！
原來是你橫刀奪愛！
怪你自己沒用！
唉！
怎麼回事？
不要窩裡反！
看刀！
哇！

豆豆從小就很憂鬱。
你要多逗她開心。
嗨！豆豆！我請你去看鬥牛！
這是全國唯一的鬥牛秀！
你是第一位觀眾喲！
不愛看也別打人嘛！
哼!
鬥牛場

身手不錯嘛。
功夫是在哪裡學的？
烏龍院……
啊！那有本《武林聖經》，我是看那個學的！
羨慕嗎？
要不要我教你呀？
算了吧！
學會了就像你一樣傻呆。

你說烏龍院有本《武林聖經》？
《武林聖經》是什麼樣的書？
那是我見過最厲害的祕笈。
簡直是世界超級天下第一！
《武林聖經》最後一頁印著你最怕看到的……
是無敵絕殺神掌？
「版權所有，盜印必究。」

臥底的阿亮說烏龍院有一本《武林聖經》？
?
此事非同小可，快交出來給我處理！
什麼《聖經》呀？
胡說八道！
肯定有的！
一定就藏在這裡！
快交出來！
你幹啥？
我沒有《聖經》。
倒是有幾條「神經」。

傻徒弟真會騙，弄個《武林聖經》的假情報。
咱們不妨也趁機發個財？
對呀！反正是假的，也沒有人會知道。
投資的盜版一本萬利！
原來搞黑心錢這麼容易！
小大書局
新版武林聖經
狂龍武林聖經
你們才出貨呀！
已經滿大街都在賣啦！
小龍聖經
龍聖經
血本無歸！

爸！我不想再依賴你生活了。
不要再用你盜版賺的髒錢！
要做自力更生的新少女！
我已經找到一份實習記者的工作。
就是我工作單位的主管。
他。
武林八卦周刊
董事长有何吩咐？
多給我女兒加點工資。

豆豆，我認為你不適合去做實習記者。
你文筆太爛，
口才也不流利，
不擅於交際，
脾氣又古怪，
沒一樣能勝任的。
……
我說的這麼坦白，你會生氣嗎？
怎麼會生氣？
你說的都對極了。
所以老爸為我找了一堆「實習記者的助理」。

你去烏龍院報導《武林聖經》祕聞。
肯定能成為紅牌記者！
居然利用自己女兒去打聽情報。
是可忍孰不可忍！
我要教訓這沒天良的老狐狸！
啊!!
他要和我翻臉了？
你來的正好！
採訪危險，你二十四小時貼身保護她！
好！好！儘量利用沒問題。

!
長眉神祕兮兮的躲在這裡獨自練功？
嗯
呀
噢
這本一定就是《武林聖經》！
啊！
老人便祕自療術！
噗
OH

烏龍大師兄的房間。
烏龍大師兄
世界第一
天下無敵
亮
咦？上了三道鎖的保險櫃！
勿忘影中人
防護這麼嚴密，肯定就是《武林聖經》！
變態呀！
全都是自戀寫真集！

黑白狐的女兒居然當了記者！
整天盯著院裡打聽新聞。
下雨了，那個傻丫頭一定又濕又餓吧！
送碗泡麵給她充飢。
我自備鮑魚龍蝦，你要吃點嗎？

《武林聖經》究竟是什麼奇書？
長眉大師可以透露玄機嗎？
!
真煩人的記者。
我不發一語看她能怎麼寫？
!
……
採訪記者驚人獨家內幕消息！
長眉師父患有嚴重老人癡呆症！

半夜三更還在打聽新聞。
咱們裝鬼嚇嚇她。
哇!
哇
太可怕了!
暈倒之前還先寫報導!
有夠敬業!
烏龍院鬼…超醜…

我拿到了《武林聖經》！
用五百元向小徒弟買的！
竟然是烏龍大師兄的日記？
!
太過份！
我去找他算帳！
去消滅他們！
烏龍院
我的寶貝日記只值五百嗎？
寫得狂爛！能賣一百就偷笑啦！

黑白狐，這裡就是你埋骨之地！
刷
慢著！
好兄弟！
嗯哼！
此刻只有你是最忠誠的！
頭埋在東邊。
屁股埋西邊。
手腳埋北邊。
風水還沒看好怎麼能亂埋！又不是垃圾！

SHUA
黑白狐！
沒料到我會在此埋伏吧？
臭名昭彰的盜版狂！
見到正義之刀而發抖吧！
正義之士也在發抖？
是不是我太帥了？
埋伏也挑個好地方嘛！
丟臉了。
餿水缸

我扔煙霧彈掩護老大衝殺出去！
哎呀
這些飯桶官兵武功太爛，全被我砍倒啦！
喔！老大你太厲害了！
AAAA
酷！

犯人逃跑啦！
快追呀！
追
追
追
為何全部去追黑白狐，不去追他的爪牙？
因為他比較「值錢」！
便宜沒好貨！
懸 賞
黑白狐 5萬
爪牙 1百
蔡捕頭 啟

我搶到一
匹馬！
快跳上
來！
剎車！
小馬哥！
為何不跑
了呀？
公會規定一馬
不能雙載，違
規要罰錢！
好馬兒
手冊
←模範勞馬

你們在此埋伏緝捕黑白狐！
等一下看我的手勢行動！
咦？那是什麼怪手勢？
我在此埋伏呆鹿，你鬧什麼局？

你是怎麼
帶路的？
陷入泥
沼啦！
老大！
老大…
我……
去死吧！你
這個笨蛋！
我發現這種面膜泥
具有護膚效果。

黑白狐果然狡猾！
溜得可真快！
可是他是逃不掉的！
蔡捕頭在沿途佈下許多陷井！
他真聰明呀！
對呀！頭大腦也大！
但是他應該事先告訴我們陷井在哪裡！

坦白告訴你。
我是臥底的特警！
衆叛親離！
窮途末路！
爸！還有我呀！
女兒最忠心！
快點簽字把財產轉給我，免得被查封。
遺書

我痛恨盜版！
養你十八年，竟然見死不救，棄我而去？
更恨自己親爹是做盜版的賊！
看在父女之情，還是幫你找個醫生吧！
咳！
算你有良心！
不用啦！你就讓我安心的去死吧！
Dr.
他的執照是我仿冒賣給他的！

爸！去自首吧！
不！我寧可自殺！
你決定何時要動手？
割喉還是切腹？
有最後的遺言嗎？
狗仔隊
自殺的時候要面對鏡頭。
姿勢要擺得酷一點！
記得血要噴多噴高！
居然嚇暈了！
沒搞頭。
撤！

大膽刁民黑白狐！
速將罪行從實招供！
喲！寫這麼多！真是惡貫滿盈！
終於完成啦！
整整寫了十個小時！
這只是第一集，總共是三十六集！

肅靜
刑
罪大惡極！
判你終生監禁！
請出皇上御賜玉龍印，以示天威！
御
別傻了！皇上送你的是假玉!!!
什麼？
假…假玉！
瞧！紋路不對，色澤也差，這種爛石頭送我還嫌重。
大人花多少錢買的？
一百萬託太監去宮裡打通關係……
可惡！我被騙了！
囚
御

盜版集團終於
被消滅啦！
正版萬歲
正版重現
天日！
消費者有
福啦！
小大書局
咦？為何書架
上空空如也？
盜版盤據太久，正
版沒人會做了。

這次臥底任務你做得真出色。
但是……
接下來的任務就更「重」…了！
唉！
沒問題！
咱們兄弟挺你到底！
真是夠義氣！
行！
五十噸的盜版書搬去銷毀！

!
這是特別為你設計的豪華牢房。
豪華房裡還有抽水馬桶！
蔡捕頭對我真好呀！
別客氣。
這些都是你們做的盜版貨。
POW-
只有那群老鼠保證是正版。
哇！

反省思過
你每天在書房裡反省十二小時。
看書可以淨化我罪惡的靈魂。
即使一天二十四小時我也願意！
看書？
你想得真美！
要不然來書房幹啥呢？
反省思過
這些都是你盜版過的書，每種罰抄一百遍！

豆豆原諒我去做臥底。
讓你老爸關進了大牢。
我理解。
此時此刻。
我最需要你這種有勇氣的男子漢。
我！
是嗎！
HAHAHA
你願意接受我了？
要我掏心掏肺都可以！
懷疑我的男友有新歡，你給我去做臥底！
CON！

爸，我帶好吃的來探望你。
豆豆。
好感人！
重刑犯 黑白狐
好吃嗎？
燒焦的魷魚！
超鹹的滷肉！
沒熟的雞腿？
都怪你盜版的食譜內容太差。
肚子痛！
爸！沒關係的。
我帶了你仿冒的名牌胃藥。
唉！害人害己。
WA！
重刑犯 黑白狐

徹底地覺悟了。
過去的我罪孽深重萬劫不復。
借此警惕世人勿走歪路。
寫一本《盜版王之沉淪回憶錄》。
天哪！上市第一天就被盜版了？
是誰這麼不要臉？
我爽呀！
我爽！
當年被盜版害慘的漫畫家。

油肚肚的小反省

人生有眾多苦惱，大部分是自尋的。

這個苦惱，那個苦惱，一輩子脫離不了！

「吃中飯」也是個苦惱，你不相信嗎？

說穿了就犯賤！有得吃還挑，有得挑還嫌！

實在是從早上七點開始工作到敲十二點鐘響，總希望讓自己的生理能夠補充一下心理，但是每天叫飯盒變成了公式，好像有點活在養雞場裡的感覺，我認爲應該有所選擇，我主張不應該將這種人類的原始需求降低到雞的層次。

因爲態度的提升讓事情有了轉折！

前幾個月開始，請了一位阿姨來做中飯，啊！實在是正確的抉擇！

每天中午不必再等盒飯，不必去曬街，就能吃到豐富的一餐！

阿姨做的菜天天有變化，所以中午吃飯的等待成了一種快樂的期待，不知不覺中食量大增，看著盤中不多不少的剩菜倒掉可惜，所以又多幹一碗飯，望著鍋裡熱騰騰的靚湯，喔！好料一大堆！於是又吞下最起碼兩碗湯外加高高隆起的配料，就在這個時候體貼的阿姨會端上一盤時令水果，啊！又……通通塞進食道裡！

好了！一隻挺著大肚子的青蛙就撐在椅子上喘氣了！

幾個月下來，胃可眞的凸了出來，肥油小肚子越養越壯觀，從草皮小土堆到高爾夫小丘陵，直直爆增到雄偉的泰山！洗澡的時候望向鏡子裡如同吹了氣的籃球肚子，哎呀！醜八怪呀！好像西遊記裡的某個角色哪！

怎麼辦呢？好幾條褲子的拉鏈都快崩盤啦！

最難過的莫過於坐在椅子上畫畫的時候，身體躬著把肥油肚擠成了一

團！

哇！苦惱呀！苦惱呀！

但是事情總得想辦法去解決吧！是的！遇到這檔子事最直接的答案就是減肥！

可不是嘛！眼底下走到哪兒都有的減肥廣告，瞅到人看了都心煩，那些廣告詞和那些模特兒彷彿看穿你心理似的等著你上勾！

不！才不！決不把錢送去當冤大頭！我要男兒當自強，有肥自己減！

於是，已經夠忙碌的日程計劃裡又多了一項任務——「鍛鍊」！

早上再提早半個小時起床運動，上坡下坡連走帶跑，渾身濕到透，回家沖個涼，舒服到不行……再睡個回籠覺吧！慘！一睡就快八點半了！完全沒有工作準備，助手來了什麼工作都沒交代！怎麼辦？哎呀！汗水沒乾，背部都長痱子，癢癢呀！中午呢？阿姨昨天說要準備做美味極的咖哩飯的！怎麼辦？要吃還是不吃？要吃幾盤？會不會更肥？油肚子怎麼辦？鍛鍊不是白做了嗎？啊……

苦惱，眞是自尋的。

敖幼祥
二○○五年九月二十日
廣州淘金坑

少年狀元

聽說崔家少爺考取了新科狀元！
多麼令人羨慕！
唉！
想起咱們的傻徒弟……
真是不成材！
師父豈能只長他人志氣，滅了自己的威風！
你…
我早就立志當「狀元」了！
身體強「壯」，一流湯「圓」！
做白日夢呀!!
別指望他啦……

去年考狀元的試題。
狀元
切！
這種傻題目！
閉著眼睛也會答！
哇！
人生得意，莫過金榜題名時……
大師父超強！
考了十年沒上榜，背也背熟了唄！
哦！原來是位「老孫山」！
名落孫山

寫的什麼東西？
整篇文章都是錯字！
罰你把文章重寫十遍！
十遍？
全寫好了！
哦？神速！
「文章」寫十遍嘛！
EEEEK!

數學又考鴨蛋！
…
100-71=3 ×
25×5=30 ×
77-7=7 ×
45÷4=41 ×
飽食終日！
你連豬都不如！
!
唉！
飽食終日。
師父呀！那是你養的狗。
我…

哎喲！念
書念得腰
酸背疼！
慘啦！
腳都沒知
覺了！
完啦！用
火烤也不
痛！
我的腳
完啦！
因為這
是我的
腳！

呵……
八股文好枯燥！
八股文？
一定非常有趣！
快給我看！
想不到傻徒弟很有上進心呢！
騙人！哪裡有「八」個屁「股」？

擦古董為何要用溫水？
這樣才能擦乾淨。
小徒弟真聰明！
師父，您看我也學小師弟！
用溫水擦古董！
太不公平了。
POW!
為什麼我用就不對？

萬般皆下品，
惟有讀書高！
哼！
為何只有讀書高？我投筆從戎總可以吧？！
好徒弟有志氣！
師父支持你！
考武官要先筆試。
快念吧！
更慘！

傻頭傻腦的就
只會長肌肉。
學學你師
弟，頭腦
多聰明！
喂，你撞破
頭幹啥？
KANG!
SWAAAA
直接給大腦
添加營養！

滿朝文武都是老臣，
見不著一個年輕人。
啓稟皇上！
新科狀元晉見！
新來的？
青年才俊能為朝廷帶來新的朝氣……
老生考了五十年才上榜……
嗚～呼

朕要殿試少年狀元。
你即刻頒旨！
皇上聖明！
老臣馬上處理！
這些老臣雖然年邁，
但都還是我的知音。
忘記剛才皇上說啥了！
是不是要找「少爺」呀？

赴京趕考一人才五百！
圣 旨
少年狀元
赴京會試
一人五百
太便宜了！
皇上恩澤天下考生！
體恤百姓的良政！
?
為何學子們個個面帶怒容？
少年狀元報名處
一張破紙要五百？
圣 旨
少年狀元
赴京會試
一人五百
報名費
考
吸血鬼！
收費處

學費這麼貴！
去哪裡湊這筆錢？
報名表
唉！真傷腦筋。
你是不是還有兩萬私房錢？
不成！
那是我的棺材本！
報名表
我反對！
這種錢怎麼能隨便挪用？
很有正義感。
我幫您釘棺材，半價就行，還送枕頭！
PA!

學費還是湊不足？
還差一些呢！
師父！這是我存了十年的寶貝。
捐出來幫助師弟。
你真是太懂事啦！
手足情深令人感動！
存了十年的指甲！
我還有點捨不得！
變態！

補習課程
早上三小时
中午无休
下午五小时
晚上三小时
小考 段考
小師弟要去考少年狀元了！
特別加強課程補習！
師父！
小師弟壓力太大了！
吃得苦中苦，方為人上人。
他的壓力真的太大啦
光宗
必中
金榜題名
哇！壓扁了！！
必中

修羅補習班
聽說這家的教學很厲害！
何止是厲害！
教出來的學生更是青出於藍！
!
這位大叔……
您似乎很了解此校？
我是前任校長，被學生趕下台了！
果然厲害！
哭!

修羅補習班
師父進去交學費，不知道錢夠不夠？
咳！
學費收據
他拿到學費收據了！
YEAH!
師弟，你終於能去上課了！
別樂得太早！
還有管理費！
點心費！
保險費！
書本費……
側面

唉！
小徒弟的補習費還是不夠！
傷腦筋！
把我珍藏多年的七星寶劍拿去當了吧！
藏劍館
請鑒賞一下這把劍！
這是多年前失竊的！
劍
多謝兩位送還！
錢

小徒弟起
床啦！
第一天上課
不能遲到！
先洗個
臉！
不對！
先刷牙！
先穿左腳！
先穿右腳！
先穿褲子！
先穿上衣！
先吃饅頭！
先喝豆漿！
放學啦！
先進
教室!
先上
廁所!

我是孔
老師。
歡迎你來到修
羅補習班。
孔老師這麼
年輕，徒弟
真有福氣！
老師這麼會
教小朋友，
你一定生了很
多小孩吧？！
AAA
轟
轟
轟
我們不認識
這個人……
盡量扁
吧！
師父，
師弟！

修羅補習班
你們的收費太貴了吧！
不貴，不貴！
成果是你們享受的！
明明就很貴，還裝得那麼清高！
死要錢的女人！
男厕
收費太貴了吧？！
不貴，不貴！
小号5元
大号20元

請您多多照顧小徒弟！
咱們交了這麼多錢，
孔老師有信心把他培養成少年狀元嗎？
在我的字典裡沒有「失敗」兩個字。
我的字典裡有很多！
免費送給老師！
討厭你！
失敗字典

這幅畫祝你考試成功！
又寫錯了！
應該是「狀元及第」、「金榜題名」。
你再回去念一次小學吧！
我決定把祝福改為詛咒了。
考鴨蛋
你…

不公平
抗議
不公平
为何我不能考狀元
偏心
師父只喜歡小師弟，不公平！
只要你用功讀書一樣能考狀元。
開始努力吧。
別胡思亂想。
偏心
不公平！
不公平！
你又要抗議什麼？
偏心
為何要我讀《老子》？
嫌我是年紀老的考生嗎……
老子
偏心

修羅補習班
惟有最嚴厲的教育才能出人頭地。
臥薪嘗膽
膽
這間是地獄磨練教室。
！
哇，白骨！
他考了九十九分，羞愧而死！
懸樑錐股
考百分計劃

老鼠！
蟑螂
這間學校太噁心了！
很抱歉！
這些新生找不到教室！
新生？
有教無類
開始上課！
強

田發發：東南首富田多多的獨子，傲慢驕縱、狂妄自大。此次他也準備參加「少年狀元」的考試，因此進了補習班。
哼！
進入本校一律下馬步行！
我偏不要！
你不下馬就別想進來上課！
怎麼樣？
我偏不要下馬步行！
我倒立進去可以嗎？
真夠牛！

老爸給你錢去考少年狀元！
不要！
我不要！
少年狀元
報名表
去上課！
多給你些錢！
別摔！
你要怎樣才肯去？
不要！
你幫我考吧！
不要！
不要！
打死我也不要！

少年狀元考試嚴格，你恐怕很難過關！
找個槍手吧！
好小子！
快去找一個！
應徵「槍手」的真多！
那當然！
有錢能使鬼推磨！
蠢兒子！搞錯啦？

兒子別
擔憂！
老爸花錢
為你疏通
主考官！
少年狀元
考核资格
疏通費要十
萬元？！
搶錢哪！
拾萬
大貪官！
大敗類！
我為別人疏
通也不過收
費五十萬而
已！
你才是敗類王！

修羅補習班
這個土包子是我的同學吧。
你學狗叫就給你銀子！
你老土！
還在玩這種落伍的遊戲啊！
誰能學他講話就有骨頭吃！
老土！
豬頭！
老土！
傻不傻？

新來的同學注意啦！
明天要穿校服上課！
修羅補習班
確定？
真的要穿？
當然！
這是本校的規定！
第二天
哇！你們穿的是什麼？
你不是要我們穿「孝服」嗎？
魂歸極樂
駕鶴升天

報告孔老師！
我是班上最有錢的學生。
所以，
你一定要選我當班長！
既然你這麼誠懇地要求……
我就讓你如願以償吧！
HAHA
HA HA
「搬長」，快開始吧！
我要當「班長」，不是「搬長」！
快搬！快搬！別賴皮！！

為何放學之後唉聲嘆氣的？
修羅
唉!
今天在學校有幾個字寫不出來！
有那麼難嗎？
是哪幾個字呢?
咱們幫你解決!
這有啥問題？
校舍擴建奉獻金……
肚子疼!
突然有急事!
我很忙～
奉獻金額
元

新課程念得如何了？
都教了些什麼課？
天文、地理、音樂、數學、美術、文學、歷史、武術、書法、詩詞、漫畫、人類學、動物學……
老師說這是「均衡教育」！
老師說師父一定會同意的。
有遠見！
有智慧！
這是均衡教育的收費單。
超貴！太不均衡！
這是什麼鬼想法？

小師弟用
功上進。
我這個做
師兄的好
慚愧！
臥薪嘗膽！
努力奮
鬥！為
本院爭
光！
奇怪！
這個膽怎
麼又沒汁
又不苦？
那是大懶
蛇的膽。
而且還有
膽結石！

吃得苦中苦，
方為人上人！
吃苦……
吃苦就能出人頭地？
我最能吃苦！
吃苦當補藥！
師父！我已經吃了苦中苦，何時能成為人上人？
閃進
你去競選「苦瓜王子」比較合適吧！
苦瓜臉

哼！
百無一用
是書生！
看到這
身肌肉
了沒？
這叫做力量！
一次能提
六桶水！
強吧！
聰明！
裝了自來水
就不用傻子
提水了！

上课打瞌睡!!
修羅補習班
哎哟~
啊！幸好只是在做夢！
秦朝的首都
咸阳
繼續睡吧！
還敢睡？為何打不醒？
是夢，是夢。
好酷！

不得了啦！
?
剛才去看師弟上課，
有人亂塗他的考卷…
塗我徒弟的考卷？
欠扁！
呵呵~~
孔老师……
二位對我改考卷有意見嗎？
師父！

瞧！
她與那本冊子形影不離！
肯定就是學生成績!
想辦法搞到手!
看看裡面有什麼祕密……
「男人」評價手冊
我比驢蛋還笨!
Yes!
哇
大師父只得二十分!

德智體要全面發展，
才能教育出優秀的男生。
這恐怕是女老師的偏見吧！
修羅補習班
例如體格這麼棒的大師兄……
修羅補習班
8888
x9999
÷7777
+3333
−5555
= ?
遇上難題時就顯出智商不足！
龜縮
丟臉！

老爸你怎麼回事？
為什麼穿得那麼土？
金項鍊沒戴！
金戒指也摘了!
今天要去學校，不要珠光寶氣的招搖。
那別人怎麼會知道你是京城首富？
我一開口，他們就知道了！
哇！滿口金牙!

人之初，性本善……
?
那些同學在念什麼呀？
他們在背《三字經》。
…
…
…
傻不傻呀？《三字經》還要背？
我兒子兩歲就會了！
留級生、吃花生
矮冬瓜、肥青蛙
小氣鬼、喝涼水
一頭撞死算了。

快讓開！
不能過！
不能過！
你可知他是誰?
京城最有錢的男人！我爸爸，田多多！
既然如此，就請吧！
哼！窮小子也敢擋路?!
水泥可不認識有錢人！
請勿进入

修羅補習班
孔老師，我是阿田的父親。
有什麼需要幫忙的？
…
滿口金牙夠震撼了吧？！
讓你知道京城首富的實力！
夠了！
你們這種行為太侮辱我了！
實在讓我深深地覺得……
我的蛀牙
難以啓齒～

你！
很囂張！
有種放馬
過來！
馬放過來囉！
皮癢！
這種漫畫
情節早就
老套啦！
SLAMP
少爺別急！
真的「馬」
才剛到！

你們的小徒弟把我兒子打傷了！
沒什麼大礙嘛!
這種事也大驚小怪!
欺人太甚啦！
這也算是小傷?
比起那些大象，他算是幸運的囉！
YASA
PUNCH

你這窮小子
也玩蟋蟀？
咱們來鬥
一鬥唄！
你行嗎？
我們有錢人
養的可是名
牌蟋蟀！
咦？
怎麼不
出來？
奇怪！
喲，名牌漲價了！
加薪
才出場

毛筆要拿穩了，效果才會好。
！
別忘記老師的教導。
嗯！孺子可教！
下筆要專心！要投入感情！
全身上下都要塗勻。
啊？
皮烤脆了才好吃？
口水都流下來了……
慘

從今天起特別注意了！
我將要改變你們的命運!
準備接受我一個月殘酷的魔鬼訓練吧！
嚇唬這些搗蛋鬼！
給他們一個下馬威！
魔鬼月！我們喜歡！
完了……我…

你！為何上課時
一直凝視窗外？
!
好嚮往飛翔
的小鳥！
好吧！我就成
全你的心願！
啊！
這樣子就
行了吧！
老師…你…
有夠變態。

孔老師到訪，
快請坐！
徒弟，沏茶！
頂級龍井一壺！
令徒在學校行為乖戾，言行輕浮，舉止粗魯……
你們做師父的應該多多反省，深刻地檢討……
啊！
啊~~
徒弟茶不用泡了！
涼水來一桶！

這是本院自釀米酒，我敬老師！
乾！
多謝了！
這種爛東西我是不喝的！
×××
不給烏龍院面子！
我只喝這種酒。
自釀孔家82度二鍋頭。
傻眼了~~~
慘
強

這位是新來的同學——晶晶。
女生！
哦！
靚妹呀！
和我約會吧！
選我吧！
來嘛！
是哪一個要和我約會的？
恭迎小姐下課！
有誰欺負你嗎？
砍！

女兒，這把短刀拿去防身！
不用了，媽咪！
在這裡不需要這種東西。
這間學校好！
改變了我刁蠻女兒的氣質！
因為，我早有準備了！

女兒當
自強！
絕不可以輸
給臭男生！
我，十天
不洗澡。
我行！
十一天
不洗！
我，十天不睡覺。
我也行！
十一天
不睡覺！
我，十天不上廁所。
媽！我挺不住呀！
罷了。
嗯
嗯
嗯
臭男生
就是臭。

媽咪，這位是孔老師。
!
啊！
啊！
你竟然……
原來你是……
兩隻母老虎相爭……
也用這個牌子的香水。
真有品味，和我一樣。
原來如此。
有點失望。

欠我十元
想耍賴？
哎喲~...
大欺小？
敢動他一根汗毛
就叫人砍你！
……
晶晶同學！
你真有俠女
的風範！
少拍馬屁！保
護費一百！

起來！
我要坐這個位子！
哼！
她太蠻橫！要搶我的座位！
你就讓一讓女孩嘛！
告訴老師，你想坐哪一個位子呢？
嗯？
就坐這兒吧！
你蠻橫到我頭上啦！
PA
導師
百年◎樹人

整一下新來的同學。
嘿嘿……
用我的寵物蜘蛛嚇唬她！
哇！
嗯！好久沒吃這麼大隻的了。

我也要玩
捉迷藏！
不和你玩！
你們兩個男生
太過分了！
為什麼不讓
晶晶參加？
和她玩捉迷藏
太困難了！
實在太難
找她了！
因為她每次都躲
在裡面不出來！
女厕
臭男生
不准進入！
…

答案是五十九！
不！應該是二十五！
兩個搗蛋鬼居然在討論數學。
能把這種爛學生調教好，
修羅補習班
我真是個成功的老師。
咦？怎麼了？
為何又吵嘴？
修羅補習班
你胡说
你白痴
老師的胸圍有五十九？又不是乳牛
誰像你！洗衣板
勤奮好

受不了你！
我要向你挑戰！
PA
你敢和我比畫畫嗎？
比畫畫？
看你要比山水還是花鳥吧！
好犀利！
刺繡畫太棒了！
線~~

晶晶！
下課後我請你去玩。
!
她太潑辣了……
吃鱉啦？!
太遜了！看我的吧！
靚妹！
晚上跟帥哥我去拍拖吧！
哇！你吃的鱉更大！
HA HA HA HA

晶晶，我們去玩吧！
啊！
別亂摸！
摸手會懷孕的！
別傻了你……
哇！你又摸我手！
又怎樣了？
那……
討厭
摸兩次會生雙胞胎！
CON!

晶晶居然會喜歡你！
窮小子艷福不淺……
我……
!
不許你們侮辱人！
晶晶！
你們欠打！
算了！
算了！
怎麼可以算了？
我的品味有這麼差嗎？
HA HA HA
HA
HAHAHA

她真是夠野的！
快考試了還在玩貓。
愛玩要付出代價的！
她肯定很慘！
這堂課要考作文！
等著看她出醜吧！
作文考題：
"養貓的樂趣
公告栏
A!

我爸是京城首富。
他想買什麼就能買什麼。
我師父是武林第一高手。
他想打什麼就能打什麼。
我沒有爸爸。
我想做什麼就做什麼……
羨慕你不會被師父打！
有錢也買不到快樂呀！
啊……

小徒弟人
緣真好！
同學都來給
他過生日！
小師弟太
不敬了！
怎麼可以搶了
師父的風頭！
下一次我
為師父辦
宴會，肯
定要擺一
百桌！
太浪費
啦！
過生日而
已嘛！
師父的追
悼會……
不趁機撈錢
怎麼行？

各位同學在為小師弟過生日呀？!
我也特地做了蛋糕送給你！
蛋糕！
WA!
大師兄對你真好！
真幸福！
還會做蛋糕！
HAPPY BIRTHDAY TO YOU!
鴨"蛋"加年"糕"？
有這種傻蛋師兄真悲慘……
很沒面子…

好棒！送我
生日蛋糕！
師父好
體貼！
大師兄更
體貼！
還準備了
擦嘴的衛
生紙。
真時髦！還有國
畫山水圖案。
OH
是從牆上古董
畫剪裁的！
天哪！

生日蠟燭呢？
糟糕！忘記帶了！
怎麼辦？
別慌！
萬能的大師兄可以為你們解決問題！
大師兄還是不錯的！
你很幸福！
哦！是嗎？
喲！太大了點！
我就知道有你準沒好事！
PACH

快點許下生日願望！
我希望……
好神祕哦！
你剛才許了什麼願？
為什麼要告訴你？
不能說？
是不是說我壞話？
快說！你快說！
要你管？討厭！
一定是不敢讓我們知道！
他剛才許了什麼願望？
也許是在詛咒我們。

快吹蠟燭。
快吹。
吸氣
快點吹！
這種小事交給師兄處理。
吹
BLOOW
乾脆把你當成蛋糕切了！

小師弟好厲害！
舌頭可以舔到鼻子！
哦！
我的舌頭可以舔到額頭上的蛋糕！
少吹牛了！
怎麼可能？!
哼！
假舌頭！
噁不噁心？全被嚇暈了！

月落烏啼霜滿天，江楓漁火對愁眠……
他好厲害！是咱們班上背書第一名！
姑蘇城外……
你敢超越我？我才是本院背書第一名！
300公斤書一次背！
偶像！偶像！

你只會背書
有何用？
沒大腦的
肌肉男！
我七步能作
一首詩！
誰說我沒
大腦？
偶像
偶像
！
…
咦？半小時了
還沒作出來？
又沒規定一步
要走多久？
現在知道肌肉男
的智商了吧！

大師父！
不得了啦！
小師弟和女同學在跳「脫衣舞」！
脫衣！
脫衣舞？
說清楚嘛！
是「拖衣」，
不是「脫衣」。
是你想歪了

長眉？
啊！你是…
苦海女神龍
真的是你！
你這死沒良心的……
還記得三十年前的承諾嗎？
大師父！你當年把人家怎樣了？
唉！想當年……
千不該！萬不該！
不應該承諾買小狗送她。
30年前…
小狗
沒问题
夸张

三十年前我就仰慕你師父了！
iN
別……
往事不堪回首。
那天晚上，我們……但是他死也不肯！
大師父你要忍住呀！
不可以晚節不保！
她只是要我剪下眉毛送給她！
早說唄！
害我差一點染上八卦的惡習！
是這樣的嗎？
PA.PA.

想不到三十年後我們還能相遇！
今天我要彌補對你的虧欠……
噢！長眉……
偷看的！一人收五十！
打八折嘛！
也沒看到精彩的！
超貴！

哇塞……考
場好大哦！
這間蓋得
很別致！
嗯！
等我考上少
年狀元，
一定要選這
棟房子住。
糟！又瀉
肚子了。
公厕
啊
考

來自全國各地的考生好多呀！
哇！
啊！老奶奶您當心！
哎喲
我的腰喲
您太辛苦了！
這麼老了還來陪考。
我是來考少年狀元的。
哇！用功過度，未老先衰！
白了少年頭！
包中

哎呀！
擠—·擠—·
臭胖子！
這麼肥也想來考狀元！
晃！晃！晃！
二位怎麼能以貌取人？
哇！我還以為是門柱！

各位小考生大家好！
皇上好！
皇上好！
皇上好！
皇上好！
你們天天補習，實在太辛苦了！
朕看得心疼呀！
我要改革這種不人道的考試制度，為你們謀福利！
改革！
改革！
取消例假日，課業平均分配輕鬆點！

今天我要說的總共有三大項，每一項有六個綱領，每個綱領分九個點，每個小點……
那麼長！
天哪！
哇！
曬嗦爺。
大頭呆。
嘮叨王。
長舌公。
完了！完了！
哎呀！完了！
我…
啊
萬歲！
皇上萬歲！
萬歲！
皇上英明！
皇上萬歲！

喔！吃得
那麼好！
皇恩考生餐
八菜一湯
皇上對考生真
體貼！
皇恩考生餐
八菜一湯
考生餐廳
迫不及
待呀！
“八”根青“菜”，“一”碗清“湯”！

蟑螂！
好可怕！
報告老師！
宿舍有蟑螂！
噓！
別吵！
老師正在處理！
蟑老師！請告誡你的學生不要走錯房間！
京城小強狀元選拔

晚飯沒吃飽，肚子一直叫……
咕嚕…
我也是。
我去找些吃的回來！
哇！一籠包子！
你是最帥的男生！
但是太晚了，只剩下生的！
狂嘔心

睡不著！
太煩了！
腦袋裡亂哄哄！
老師這裡有專治考前失眠的祕方。
我要！
我要！
我也要！
你們哪一個先來？
果然有效！
Z
Z
Z

我還是睡不著。
考試壓力太大了。
吃些熱東西暖和一下！
去找孔老師要點東西吃！
啊！孔老師！
呼！
呼！
呼！
她比我們壓力更大！
吃了二十碗泡麵還是睡不著!

我們溜出去逛逛！
噓！
門口一定有警衛！
嘿嘿！只有一隻小狗仔！
汪！
居然沒有警衛。
大笨蛋！
我們自由啦！
考生宿舍
哇！

師父和師兄都來陪考啦？
烏龍院第一名！
高中榜首！
狀元在我家！
加油
加油!!
別那麼大聲………
讓同學們聽見我會不好意思的……
怕什麼？小巫見大巫！
……
媽！

鱼
FISH
少年狀元
十年寒窗無人問
一朝成名天下知
修罗
喝下本店湯
麻雀變鳳凰
猪腦湯
正宗
炭烤地瓜
吃腦
補腦
補
大補帖
烤香腸
考前猜題

少年狀元

加油!!
謝謝！
感謝大家！
陪考團太熱情了。
害我都不能專心念書。
……
……
好羨慕田少爺。
都沒有家人來打擾你。
有什麼好羨慕？我爸是「臥底」陪考的！

這是「百分蛋」吃下去能考一百分！
雖然有些迷信，但卻是師父們的一番苦心……
吃！快吃！
光吃雞蛋只能算零分……
要怎樣？
把筷子吃下去才有一百分！
哇！你們自己去考吧！
多啃兩雙能考一千分！

師弟！我把
考卷題目偷
來了！
太愚蠢了呀！
你這樣做，我會
很沒面子的！
A…
…
想不到烏龍院
小弟子這麼深
明大義……
好孩子
……
喔！
對噢！
最重要的
是偷到答
案嘛！
Po!

哎呀！又想尿尿！
真討厭。
我也是。
女用
男用
考試壓力太大，頻頻跑廁所。
五分鐘上一次……
孔老師神色自若……
難道一點都不緊張嗎？
因為我……
…
考場老將·自備馬桶。

殿試即將舉行。
考生狀況都好嗎？
御考场
百分之五十都拉肚子！
百分之四十腰酸背痛加頭疼。
還有一些輕微的神經病！
這群飯桶、軟腳蝦、豬腦袋……能幹什麼大事嗎？
我指的是陪考的家長。
你才豬腦袋
你才軟腳蝦
你才飯桶
喂！！你剛才罵誰呀？
誤會…誤會…

嘿！瞧瞧修羅補習班的學生！
切！
你這種矮冬瓜也想考少年狀元？
真是醜八怪！
皇上會選中你嗎？
嗯哼？
帥哥！我這裡有點意見！
醜八怪又怎樣？
我還是你主考官呢！
哇~
毀了…
去年的新科狀元
狀元

御考場
考場要嚴格把關！
年狀元殿
不准有造假行為！
若發現有造假者，一律問斬！
哼哼！
SA
皇后！為何突然抓狂？
死鬼！你想怎樣？
撕
撕
撕
人家的臉剛去整過形……
啊……
造假！
咳！
咳！
咳！

吃~
御考場
吃~
少年狀元殿試
禁声
快考試了，他們還在狂吃？
？
天哪！他們在吃烏龜湯！
這是祖傳的考生大補帖！
補呀！
考場上必勝祕方！
龜脖縮頭功！
嗤
嗤

腦波回聲術！
我可以感覺到師弟正陷入困境……
考題很難吧！
啊！
他使勁地用力！
他掙扎……
他痛苦……
寫不出答案嗎？
嗯~
他得意地笑了！
好像得到解脫……
想出答案啦！
HA HA HA HA
討厭的鼻屎終於挖出來了！
舒服！

少年狀元
少年狀元
御考场
兒子加油！
晶晶加油！
徒弟加油！
師弟加油！
這群考生家長真熱情！
好感人呀！
朕一定要好好招待他們！
？
？
？
？
咦？奇怪！
怎麼突然沒聲了？
少年狀元
少年狀元
御考场
陪考席
第一題！

遇到不會做的題，就「抓頭」當暗號！
了解！
好難呀！
沒一題會做！
快發出「抓頭」暗號來求援！
抓一抓
啊！
原來都不會做啊！

少年狀元殿試
接下來的考題要用紅筆圈選。
御
啊！
糟糕！
這次只帶了黑筆！
我不能讓師父失望！
咬破手指當紅筆吧！
後面的那位小朋友，
抽屜裡有紅筆……
為何不早說！

少年狀元殿试
!
……
我一看就知道你在作弊！
哎呀—
小抄
拖出去！
少年狀元殿试
皇上眼光銳利！
抓作弊超厲害！
因为他以前也是出名的小抄王..！
老皇上
妳…

你！
手上也有
小抄吧？
……
怪了！
居然沒有？
把另外一隻手
給朕看看！
你想看哪一隻呢？

好小子！把小抄藏在耳朵裡。
耳朵裡沒小抄。
這隻也沒有！
皇上饒命！我招供就是了……
我把唐詩三百首全刻在頭髮上了。
可憐的孩子，有這種藝術才華都被考試埋沒了……
像句人話。

殿試已經結束。
恭請皇上閱卷。
啊!!
这篇文章写得……
皇上如此激動，一定是看到了曠世奇才的文章！
嗚~
唉~
第一次看到有人文章寫得比我更爛！

少年狀元的
加冕典禮帽
設計好了！
皇家設計
這是啥破
帽子？
土!!
啊……可是……
皇后她很
喜歡喲！
可爱帽帽
那麼就翻過來
用吧！
討厭！
遵旨！
這就是現代
「博士帽」的
歷史由來。

現在宣布「少年狀元」中榜的人，就是……
李小舟
咃！
少年狀元
他前面的小晶晶……
咃！咃！
啊！
少年狀元
小晶左邊的左邊的右邊的，烏龍院小徒弟!!
少年狀元
啊！
啊！
你考上狀元高興嗎？
一點也不興奮。

你既聰明又可愛，一表人才！
我決定招為駙馬……
什麼？
皇恩圣德
少年狀元
御用
皇上你昏頭了嗎？
不能這樣做呀！
御用
臭畫匠竟敢罵我是昏君？
你沒女兒哪來的駙馬？
喔！對噢！
變態！你還不是普通的昏！
忠言逆耳！
就是嘛！
你和誰生的？
說！

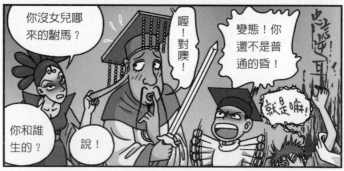

少年狀元殿
恭喜你！
考中了少年狀元！
咦？
考中狀元為何還不高興？
嘖。
因為考上了，要請這群貪心的傢伙吃大餐！
北京烤鴨
涮羊肉
牛排
龍蝦
鮑魚
而且還要給最貪心的你做免費廣告！
本班師資優秀學生榮登狀元
招生
修羅補習班
快來報名。
現場八折！
贪心

朕要大大地嘉獎烏龍院。
皇恩圣德
少年狀元
應該送什麼好呢？
良田千畝，
高官厚祿，
yes! yes! yes!
豪門巨宅，
黃金萬兩，
絕色美女，
還是……
但是你們讀書人應該不會愛這些俗氣的東西吧！
我…
我…
我…
我…
那就每人送一張簽名照。
皇恩圣德
小意思啦！別這麼感動囉！

背書第一名
背書第一名

恐考症

月色昏暗，巷子裡老遠就能依稀聽到「呼–咻、呼–咻」，如同從地獄傳來的掙扎呼吸聲，床前母親紅著眼，望著面有菜色瘦皮包骨的兒子……

好像是從小學四年級開始的吧！不知怎麼的，原本就體弱多病的我竟然又患上了麻煩的氣喘重症，只要是氣溫變得稍快，棉被灰塵稍重，油漆味道稍濃……我的敏感鼻子就會開始拉起警報，哈–啾！ 哈–啾！ 可以一次連打三十個噴嚏！然後可怕的氣喘就開始上身折磨人了。

因爲常生病，所以常請假。

因爲常請假，所以常缺課。

因爲常缺課，所以跟不上。

因爲跟不上，所以考得爛。

因爲考得爛，所以常挨罵。

因爲常挨罵，所以更自閉……

的的確確就是這樣的呀！「悲慘進化論」就活生生地在我的少年生活中一天一天的演出。我極度懼怕考試，懼怕到有些精神不正常，尤其是怕發成績單那一天的那一堂課，怕那拿出滿堂紅的成績單給爸爸看的肅殺氣氛。

我又何嘗不想讓爸爸少添一些皺紋呢?

我又何嘗不想讓老師微笑地摸摸我的頭呢?

我又何嘗不想讓同學投來羨慕的眼神呢?

但是幾乎每一次考試，都是「蒼蠅拍打老虎」——下場淒慘。

無論是小考、隨堂考、段考、月考、期考、畢業考、聯考……只要一聽到「考試」！！我就像那經歷過殺戮的野獸一樣，只想趕快地躲過，趕快地逃避……

這種「恐考症」甚至蔓延到我考駕照的年齡，考試還沒開始我就全身起毛、冷汗直流、脖子僵硬、腦門發暈……害得我爲了一張駕照，折騰了好多年，浪費了好多錢！

畫這本《少年狀元》的時候，不知怎麼著，一邊畫著圖中人物，一邊大腦中又會浮現求學時期自己的那幅失落模樣，很慶幸現在能從興趣當中探索出自我存在的價值，讓自己能走向從小就夢寐以求的漫畫樂園。其實能做自己想做的事，不當狀元也是一種快樂人生，但是，這實際上有多難呀!

敖幼祥

二○○五年八月二十日

廣州淘金坑

時報漫畫叢書 FT811

偷天換日

作　　者─敖幼祥
主　　編─林怡君
編　　輯─何曼瑄
美術編輯─黃昶憲
執行企劃─李慧貞
董 事 長
總 經 理─趙政岷
總 編 輯─李采洪
出 版 者─時報文化出版企業鋳份有限公司
10803台北市和平西路三段240號3樓
發行專線─（02）2306-6842
讀者服務專線─0800-231-705・（02）2304-7103
讀者服務傳真─（02）2304-6858
郵撥─19344724 時報文化出版公司
信箱─台北郵政79～99信箱
時報悅讀網─http://www.readingtimes.com.tw
電子郵件信箱─newlife@readingtimes.com.tw
時報出版愛讀者粉絲團─http://www.facebook.com/readingtimes.2
法律顧問─理律法律事務所　陳長文律師、李念祖律師
印　　刷─華展彩色印刷有限公司
初版一刷─2005年11月7日
初版九刷─2016年8月15日
定　　價─新台幣280元

⊙行政院新聞局局版北市業字第八〇號

ISBN 978-957-13-4393-8
Printed in Taiwan